编 文　上海市市政工程公司
　　　　上 海 市 港 驳 公 司
　　　　《抢渡三关》编写组
绘 画　上海市市政工程公司
　　　　工人业余美术创作组

上海人民美術出版社

连环画文化魅力的断想
（代序）

2004年岁尾，以顾炳鑫先生绘制的连环画佳作《渡江侦察记》为代表的6种32开精装本问世后，迅速引起行家的关注和读者的厚爱，销售情况火爆，这一情景在寒冷冬季来临的日子里，像一团热火温暖着我们出版人的心。从表面上看，这次出书，出版社方面做了精心策划，图书制作精良和限量印刷也起到了一定的作用。但我体会这仍然是连环画的文化魅力影响着我们出版工作的结果。

连环画的文化魅力是什么？我们可能很难用一句话来解释。在新中国连环画发展过程中，人们过去最关心的现象是名家名作和它的阅读传播能力，很少去注意它已经形成的文化魅力。以我之见，连环画的魅力就在于它的大俗大雅的文化基础。今天当我们与连环画发展高峰期有了一定的时间距离时，就更清醒地认识到，连环画既是寻常百姓人家的阅读载体，又是中国绘画艺术殿堂中的一块瑰宝，把大俗的需求和大雅的创意如此和谐美妙地结合在一起，堪称文化上的"绝配"。来自民间，盛于社会，又汇入大江。我现在常把连环画的发展过程认定是一种民族大众文化形式的发展过程，也是一种真正"国粹"文化的形成过程。试想一下，当连环画爱好者和艺术大师们的心绪都沉浸在用线条、水墨以及色彩组成的一幅幅图画里，大家不分你我长幼地用相通语言在另一个天境里进行交流时，那是多么动人的场面。

今天，我们再一次体会到了这种欢悦气氛，我们出版工作者也为之触动了，连环画的文化魅力，将成为我们出版工作的精神支柱。我向所有读者表达我们的谢意时，也表示我们要继续做好我们的出版事业，让这种欢悦的气氛长驻人间。

感谢这么好的连环画！

感谢连环画的爱好者们！

上海人民美术出版社社长 李新

2005年1月6日

【内容提要】 讲述上海港驳拖轮队为运送设备过河管的任务，抢渡了铁路桥、曹家渡桥和昌化路桥三道难关，胜利完成了任务。

（1）这年初春，正当拖轮队通过反骄破满，掀起"抓革命，促生产"的新高潮时，从公司传来了浮运城市污水灌溉工程大型过河管的消息。甲组工人群情振奋，一天里向公司送了三次决心书。

（2）大型过河管是个长三十五米、重三百吨的"大家伙"。任务下达的一天，甲组组长、浮运指挥沈建林站在公司党委周书记面前气昂昂地说："城建工人争分夺秒拿下了过河管，咱港驳工人就是扛也要把管子扛到目的地。"

（3）老周脸上泛出兴奋的光彩："在苏州河进行大体积物件的浮运，这还是头一次。这对你们先进组是新的考验啊！"

（4）党委书记的话使沈建林心潮激荡。他正要告辞，老周突然问道："听说阿虎最近为这事跟你闹别扭？真有意思，仗还没打，你们师兄弟倒先干上了。"沈建林笑了笑："他嘛，就是那个直性子，老脾气！"

（5）"建林啊，"老周语重心长地说，"政治工作是一切工作的生命线，只有把它搞好了，我们的胜利才能有保证啊！"说着，他把沈建林送出了公司大门。

（6）沈建林沿着苏州河大步流星朝队里走。两岸到处是一派沸腾的景象，为了建设污水工程，城建工人早在两年前就开始了埋管战斗，而今天条条"地下长龙"已经汇集到苏州河南北两岸，正等着过河管来接通哪！

（7）他仔细察看沿河各座桥梁和河道。当经过曹家渡桥时，他想：这里河道弯度大，桥墩间距小，要让偌大的过河管顺利通过确实不容易，一定要和大家好好商量，摸透情况，掌握主动，攻下难关。

（8）可是当他想到三号拖轮老大李阿虎时，心头有点纳闷——那天参观制造过河管的混凝土厂，大伙对足足有两节火车皮长、肚内可容四人直立通过的"长龙"议论纷纷，阿虎却独自把过河管摸弄了半天，没吭一声气。

（9）参观后的当天晚上，沈建林从公司请战回到船队，阿虎老远一个箭步冲上来："建林，你们真是蛮干，运过河管咱们没有专门设备，出了岔子可不是闹着玩的?！"

（10）沈建林等他把话讲完，才接口说："阿虎，像这样规模巨大的污水工程，资本主义国家根本无法实现，公害是他们严重的社会问题。今天咱们为了建设社会主义祖国，就是要有志气打一场浮运史上的硬仗！"

（11）李阿虎还是不服气地说："话是不错，可实际问题毕竟还是实际问题。你想过没有？从生产过河管的预制场到昌平路工地，要经过铁路桥、曹家渡桥和昌化路桥，照我看这三座桥就是明摆着的三道关啊！"

（12）沈建林充满信心地说："阿虎，只要我们依靠党的领导，依靠群众的智慧，还怕闯不过去?！"李阿虎咕哝道："闯，我不反对，但我们是先进组，可不能说话做不到，吹牛放大炮。"说罢，气鼓鼓地走了。

（13）想起阿虎的那些往事，沈建林清楚地感到自己的工作没有做到家，像阿虎这样的思想，显然是被"先进"束缚了手脚。通过这场浮运过河管的战斗，对自己、对全组都是一次反骄破满的实际教育。

（14）沈建林阔步踏上拖轮码头，甲组的工人们"轰"地围了上来，阿虎的徒弟小俞劈头就问："沈师傅，浮运任务咱们接下了？" 沈建林笑着说："别忙，开会时我原原本本把底交给大家。"

（15）说罢，他环视一下聚在周围的各船老大，可就没见李阿虎，忙问："小俞，你师傅怎么没来？"小俞说："他说开会时间还早，还可以去跑一趟路线近的任务……"

（16）话没落音，远处传来嘹亮的汽笛声，一艘拖轮披着晚霞向着码头飞驶而来。小俞兴高采烈地迎上去大喊："师傅，浮运过河管的任务我们组接下了，正等着你开会呢！"

（17）"噢！"李阿虎顿时收敛了笑容，将船靠拢码头。小俞不解地问道："师傅，你怕了？""怕？怕什么！"李阿虎瞪了瞪小俞，"我在苏州河干了那么多年，从没跟'怕'字沾过边呢！"说完，径自朝会议室走去。

（18）会议开始，沈建林讲了浮运过河管的意义，接着说："苏州河的河道弯曲，行船繁忙，桥梁很多，尤其是铁路桥、曹家渡桥和昌化桥，桥面低，通道窄，水流急，弯度大，请大家出主意攻下这个难关。"

（19）五号拖轮老大抢先说："五月大潮汛就要来临，我们要跟潮水抢时间。我看，得在早晨落潮时顺水浮运，抢渡铁路桥和曹家渡桥，待水流进入平潮后，再通过桥身最矮的昌化路桥。"小俞应声说："对！我们就得有点闯劲！"

（20）"闯？往哪儿闯？"李阿虎霍地站了起来，"顺水浮运稳定性差，一旦出了事故，那不是瘸腿踩高跷——自找苦吃？我看还得照老规矩顶水浮运，碰到涨水，就封港停船，等下一潮水再运。"

（21）"那不行！"又一个老大说，"现在污水战线形势逼人，多耽搁一分钟就会抢慢整个工程的进度，况且一封港就要影响全市的生产！"小俞也憋不住插上了嘴："师傅，咱们可不能前怕狼后怕虎！"

（22）李阿虎一听这话有点火了："谁不想尽快完成任务？我还恨不得过河管能长上翅膀，一下子飞到昌化路工地呢！干活可不能毛手毛脚瞎撞，我从小就在苏州河撑船，知道的还没你们多？！"

（23）在激烈的争论中，沈建林联系平时认真学习《矛盾论》、《实践论》的体会，分析了这次浮运任务的特点，提出了用后拖轮开倒车来加大稳定性的方案。大家表示赞同，可是阿虎的思想还是不通。

（24）会议一散，李阿虎跨前一步大声说："建林，你是水上过来人，顶水浮运稳定性大，你也是知道的，为什么不走阳关道，偏上独木桥？"沈建林一面叫大伙再合计合计，一面拍拍师兄的肩膀："走！咱们好好谈谈去。"

（25）沈建林耐心地向阿虎讲述自己对这次浮运的看法，开始李阿虎没吭气，后来却不耐烦地说："光靠讲讲不解决问题，你们这样干危险，我不能答应！"说完径自走了。

（26）沈建林正要喊住阿虎，只听后面叫"沈师傅"，回头一看，原来是五号拖轮老大和小俞。五号老大首先说："会后大家又凑了一凑，想出了用铁码头夹住管子来增加浮力，使小设备能浮运大拖件。"沈建林赞许地点了点头。

（27）小俞也忙抢过话头："大伙还提议再加两只夹帮拖轮来增加稳定性和牵引力，老师傅们都说为了给社会主义祖国争光，不打胜这一仗誓不罢休！"接着他又指了指脑袋，"李师傅他通了没有？"

（28）沈建林笑了笑说：“你师傅就是那憨直脾气，不过浇菜浇到菜根上，做思想工作要做到点子上。我们相信在浮运过河管的现实斗争中，他一定会赶上来的。”

（29）四月底的一个早晨，浮运战斗打响了。阳光染红了苏州河层层鳞波，巨大的过河管在水面上颠簸起伏，五条拖轮排列在过河管周围，就像即将起航的舰队一般威武雄壮。船员们个个英姿勃勃、神采奕奕。

（30）周书记也亲自来到了现场。沈建林站在过河管上，做着战斗前的动员。三号拖轮驾驶舱内，李阿虎正焦急地等待着命令。那三座桥到底能否顺利通过呢？他不禁担忧地瞥了沈建林一眼。

（31）"起航！"沈建林一声令下，"呜——"拖轮船队发出了雄壮嘹亮的进军号。巨大的过河管在五条拖轮的簇拥下，像条被擒住的蛟龙，徐徐离开了码头。

（32）指挥员沈建林两眼紧盯着前方，不断发出口令："左轮慢，右轮快！""前面弯道，放慢速度！"过河管驯顺地听从着他的指挥。

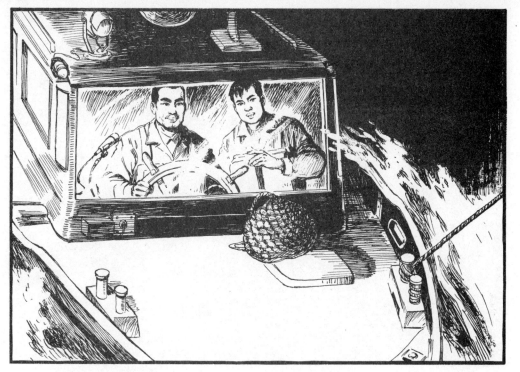

（33）小俞坐在师傅身旁，只见浑浊的浪花从船舷两旁飞溅而过。他突然问：“师傅，今天潮水好像退得很快？”李阿虎回道：“是啊！三春天，孩儿脸，眼下气候就是多变，看来今天过第一关就很难呢。”

（34）"为什么？" "这很简单，铁路桥桥身矮，河床高，水位一低管子就要搁浅，水位太高管子要碰桥面。今天潮水退得快，像现在这样的速度到那边，这么大的管子怕要吃河泥了。"

（35）"那我们赶快加速吧！"小俞着急地说。"不行！"阿虎看了他一眼，"顺水浮运已经不保险，再速度一快，那管子惯性大，东闯西撞，五条拖轮怎么制得了这匹'野马'？要知道这是在苏州河，不是在黄浦江！"

（36）小俞急得说不出话来。正在这时，管子上传来沈建林的声音："右轮三号、左轮五号，全速前进！后拖轮六号、八号开倒车！""什么？"李阿虎失声叫了出来。小俞以为师傅没听清，忙兴奋地说："全速前进！"

（37）李阿虎踌躇地从驾驶室里探出头来问："建林！又大又重的管子，你不怕它朝岸上撞！"沈建林泰然道："没关系，开倒车的拖轮可以增加稳定性，一定能牵住它的牛鼻子！"

（38）李阿虎带着叮咛的口气说："建林，咱们组从来没出事故，这才有那个'先进'啊！"沈建林坚定地回答："咱们不能为了保'先进'就不敢闯，前人没干过的事我们就是要有勇气去干！"

（39）水位正在明显地下降，河水不断地涌上管子。老周对沈建林说："春天气候变化突然，可能会出现原先估计不到的困难，我们一定要大胆谨慎，认真对待。"沈建林点了点头，胸有成竹地指挥着战斗。

（40）过河管在拖轮的快速牵引下，劈波斩浪，飞速前进。"呜——"一列火车从桥上飞驰而过，铁路桥就在眼前了。

（41）沈建林望一望铁路桥，发出了坚定沉着的口令："各轮注意，放慢速度，准备过桥！"驾驶员们准确地执行了他的口令，整个拖轮船队有条不紊，缓速向铁路桥驶去。

（42）领头拖轮尖啸一声，首先穿过桥孔。巨大的过河管像条蛟龙在水中一跃一落，一浮一沉。蓦地，李阿虎感到窗前一黑，猛回头一看，过河管在离钢梁一虎口处"嗖"地一下顺利通过了。

（43）“胜利啦！”小俞情不自禁地叫了起来。“才过第一关就那么高兴，困难还在后面呢！”李阿虎提醒着他的徒弟，可心里却感到同样的喜悦，“好险哪，现在通过正是时候，要不就会搁浅了。”

（44）拖轮船队飞快地顺流而下，迎面来的就是曹家渡桥。李阿虎焦躁起来：这里桥墩间距小，如果解开两旁拖轮，万一管子撞上桥墩，就会造成不可想象的大事故，自己是安全员，无论如何要对国家财产负责。

（45）想到这里，他准备提出等下一潮水再运的建议，谁知过河管上已经传来沈建林浑厚的嗓音："各轮注意，准备解缆过桥！"只见沈建林比比划划，正同老周商量着什么。

（46）李阿虎心里一怔：“他硬是要上？”一想到全组的先进荣誉，他再也耐不住了，便敞开嗓门喊道：“建林！三百吨的管子，又是顺水浮运，还要解开两旁拖轮，你这样做会撞桥的，我是安全员，不能不管了！”

（47）沈建林一跃跳到三号拖轮上，恳切地对李阿虎说："阿虎，安全与不安全是相对的，只要我们大胆谨慎，就一定能攻克难关。"他又语重心长地说："我们只有在大风浪中才能锻炼成长啊！"

（48）这时，过河管两旁的拖轮都已解开。沈建林和老周一起又仔细检查了一番，然后命令继续前进。随着一声尖锐的汽笛声，领头拖轮带着过河管慢悠悠地向曹家渡正桥门驶去。

（49）各拖轮的船员们纷纷跑到甲板上，十几双眼睛一起注视着眼前的情景。李阿虎透过驾驶室的玻璃窗，目不转睛地紧盯着过河管。此刻，他的心就像上了箭的弦，绷得紧紧的。

（50）不一会，领头拖轮驶进了桥孔，顺着弯曲的河道准备来一个大幅度的转弯，就在这时，由于拉力方向的突然改变，本来安稳行驶着的过河管，就像挣脱了缰绳的野马，一股劲地向着右桥墩直冲过去。

（51）"啊呀！不好！"小俞失声叫了出来。"唉！看你们干的，闯大祸了！"李阿虎急得直跺脚，两条浓眉也拧到了一起。怎么办？能眼看着过河管、国家的财产……不！绝不能！李阿虎心一横：开船撞管。

（52）他先拉了一下汽笛，给沈建林打了个"招呼"，正要去按排挡，"嘑嘑——"领头拖轮上传来了一阵清脆的哨子声。李阿虎一愣，只见沈建林正从容地向他摇摇手："等一等，别急！"

（53）李阿虎心如火焚，他想：建林啊，你现在的每一个口令，都关系到国家的财产，也关系到我们甲组的荣誉啊，咱俩三十多年来像亲兄弟一样战斗在一起，可今天你……数不清的思绪，一下涌上阿虎心头。

（54）解放前，沈建林上船当学徒时，还是个十几岁的孩子，作为师兄的李阿虎，处处爱护这棵苦水里泡大的小苗。有一次，沈建林扛包摔倒了，被包工头用鞭子抽打，李阿虎气得扔掉包，一拳把包工头打翻在地。

（55）包工头定了定神，爬起来向李阿虎扑去。李阿虎操起一根船篙，准备拼命。这时候，船工们一涌而上，包工头吓得溜走了。

（56）解放后，为了建设社会主义，多少个白天和黑夜，他俩并肩战斗在河港上，抢任务、攻难关，处处跑在前面……阿虎越想越激动：可是今天，你为什么……

（57）猛然间，李阿虎只觉得眼前有个黑咕隆咚的大家伙迎面冲来，他没来得及舒口气，过河管的头部已经冲到自己拖轮的侧前方，离开桥墩已经不远了。空气紧张得像要炸裂开来。

（58）这时传来了沈建林的口令："三号拖轮！""有！""快速猛顶管子头部！"沈建林话音刚落，李阿虎的船就像一头下山的猛虎，向着过河管猛扑过去。

（59）说时迟，那时快，在过河管冲向桥墩的一刹那，三号拖轮抢先在它的头部一撞，过河管向着桥孔中央猛一偏，随着领头拖轮的牵引，不偏不倚地从曹家渡桥的正桥门下顺利通过了。

（60）两岸观战的群众，发出一阵雷鸣似的喝彩声。船员们以钦佩的眼光看着沈建林。沈建林望了望天边翻卷的云层，发出了新的战斗命令："各轮迅速靠拢，带缆，继续前进！"

（61）拖轮船队乘风破浪，向着昌化路桥挺进。李阿虎心上那块大石头放下了一半，在千钧一发的时刻，沈建林的沉着和果断使他深深佩服，真没想到这个跟自己相处了三十年的师弟，竟有着如此的能耐。

（62）这时周书记兴奋地跨上三号拖轮："阿虎，刚才最后一秒钟快速猛顶，真不简单，这可是老沈反复研究河道弯度，再三听取各方面的意见，才能有这一手绝招呀！要是顶早了，还不知这曹家渡桥能不能过呢！"

（63）"轰隆隆——"远处传来了沉闷的雷声，风势渐渐增大，河水已转入平潮。"各轮注意，加速前进！"沈建林估计到随着天气的骤然变化，潮水可能提前涨入苏州河，于是果断地做出了决定。

（64）灰暗的云层里射出一道道白光，随着一声震耳的炸雷，狂风四起，大雨倾盆。紧接着，黄浦江的潮水奔腾着涌了进来。拖轮船队就像与暴风雨搏击的雄鹰，昂首挺胸，劈波向前。

（65）沈建林问测量船："桥下净空多少？""二百八十五公分。"大家的心一阵紧缩：过河管出水高度为二百七十五公分，现在到昌化路桥还有一大段距离，潮水正在汹涌而进，如果过河管高出桥洞的话，这昌化路桥可怎么过呢？

（66）李阿虎看着滚滚而来的潮水，恼火地对小俞说："准备带缆停船，昌化路桥过不去了。"小俞心里一惊："停船？那浮运任务怎么完成呢？"李阿虎将手一比，肯定地说："这没法子，管子比桥面高，还能让它飞过去？"

（67）此刻沈建林的心里比潮水翻腾得还厉害：现在赶到昌化路桥，水位上升肯定超出十公分，如果封港停船，势必影响工程进度，怎么办？这时周书记洪亮的嗓音在耳边响起："建林，越是在关键时刻，越要沉住气啊！"

（68）"沈师傅，昌化路桥怎么过呢？"风雨中传来了小俞焦急的声音。接着，李阿虎也拉开了大嗓门："建林，怎么还不停船？眼下管子已经高出桥洞，昌化路桥肯定过不去了！"沈建林看着前方，仔细观察。

（69）他冷静地思索着：现在水面的活动余地虽然缩小了，但是水下的活动范围相对地扩大了，如果能使过河管下沉十几公分，那不就——突然，三十年前惨痛的往事在脑中一闪，他心头一亮："对，就这样！"

（70）"建林，昌化路桥已经不远，过河管一撞上桥，这祸就闯大啦！"李阿虎从驾驶室走出来，留下小俞驾驶拖轮。沈建林没有正面回答，却问道："阿虎，三十年前我们木驳船出事进警察局的事，你还记得吗？"

（71）"怎么不记得？"阿虎跳上过河管，冲着沈建林说，"这件事我一辈子都忘不了！可现在是什么时候，你提那事干什么？"

（72）"不！"沈建林把手一摇，"我问你，那次驳船怎么出的事？"阿虎顿了顿，沉重地垂下了眼皮。那血泪斑斑的往事，顿时浮现在他的眼前。

（73）三十年前，李阿虎和沈建林在一条驳船上干活，船老板只知赚钱，不顾工人死活。有一次为了牟取暴利，硬逼着他们在十二吨木驳上装十五吨货物，还嫌拖轮开得慢，一再催促："快！快！快！"

（74）哪知道拖轮刚一加速，由于牵沉力过大，只见木驳的船头呼的一下，朝河底猛扎下去。

（75）眨眼工夫，整条船连人带货全部淹入河中。幸亏阿虎师兄弟俩熟悉水性，才死里逃生。

（76）船老板眼看这么多货物翻入河中，气得暴跳如雷，就以"消极怠工、制造事端"的莫须有罪名，把他们送进了警察局牢房。

（77）一年后，等到李阿虎出狱回家，他的大儿子因为生伤寒病无钱医治而死去了。

（78）回忆往事，李阿虎无比激动地说："这是万恶的旧社会造成的，我忘不了这笔血泪债。"沈建林点点头："对！在旧社会，拖轮的牵沉力使我们家破人亡，可今天，我们要利用它来为建设社会主义服务！"

（79）阿虎正要开口，沈建林把他打断了："解放前我们船工一年四季当牛做马，现在党和毛主席让我们当家做主，我们可不能只看到自己一个班组的小天地，而忘记了党和人民的全局利益啊！"

（80）老周也亲切地说：“阿虎，小团体的荣誉蒙住了你的眼睛，使你背上了包袱，裹足不前，看不到群众中蕴藏着的巨大潜力。阿虎同志，思想不经常磨炼，就会跟不上形势啊！”

（81）老周和沈建林的话说到了李阿虎的心坎里。他拉住建林的手激动地说："我只看到自己一个组的荣誉，因此眼睛不亮、方向不明。今后，我一定要在斗争中改造自己，锤炼自己，当一名毛主席的好工人。"

（82）李阿虎看了看过河管沉思了一下说："不过过去是木驳，现在这么高的管子能不能……"沈建林紧接着说："老周事先布置测量船带了大批压舱铁，现在都搬上管子就能降低过河管的出水高度。"

（83）"另外，"老周说，"为了对党和人民负责，使抢潮过桥万无一失，我们再试验一下，坚决做到胸中有数，打有准备之仗。""对！"沈建林和李阿虎表示赞同。

（84）同志们在老周的带动下，搬上了压舱铁，做好一切准备工作。沈建林指挥所有拖轮停车，待过河管平稳后又突然命令开快车。李阿虎看到过河管顿时足足下沉了二十多公分。

（85）接着李阿虎建议，为增大牵沉力，还应加大缆绳的角度，并请求道："老周、建林，最后一关的领头拖轮让我来开，我保证完成任务！"沈建林紧握阿虎的双手："李阿虎同志，胜利一定属于社会主义的港驳工人。"

（86）透过密密的雨丝，大家兴奋地看到李阿虎登上领头拖轮，迈步走向驾驶室。小俞见师傅接下了重任，也满怀信心地保证接好师傅的班，开好三号拖轮。

（87）狂风夹着大雨，呼啸扑打，倾盆而下，水位正在不断上升，拖轮船队簇拥着过河管，顶风冒雨，一往无前驶向昌化路桥。

（88）"同志们，这是浮运的最后一关，我们港驳工人要为社会主义建设争光，困难再大，也一定要闯过去！"沈建林的声音，犹如隆隆春雷，震撼着每个人的心弦。

（89）拖轮船队逐渐驶近昌化路桥，在离桥约十米远的地方，沈建林发出命令："停车！"李阿虎听到口令，关掉油门，过河管由于突然失去了牵沉力，猛地向上一跃，继续向前冲去。

（90）这时过河管高出桥面已有十来公分，正当接近桥面时，沈建林看得真切，毅然发出"全速前进"的命令。李阿虎就像听到冲锋号一样，猛力一按快挡。

（91）"达、达、达"，拖轮发出震耳的轰鸣声。强大的牵沉力迫使过河管顿时下降了二十多公分，恰好在桥面之下安全通过。

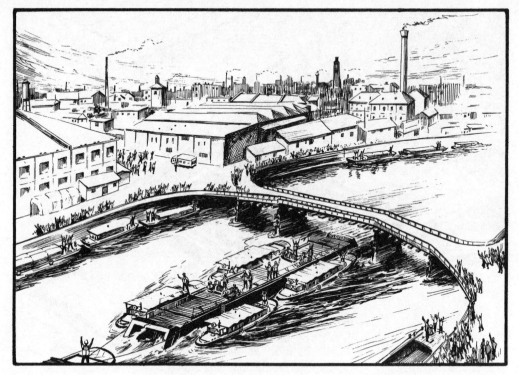

（92）"呜——"五条拖轮一起长鸣，响亮的汽笛声向人们庄严宣布：浮运过河管成功了！

（93）拖轮船队继续乘胜前进，胜利到达昌平路工地。施工场地锣鼓喧天，准备沉管安装的城建工人群情振奋，热烈祝贺港驳工人取得的新成就。

（94）"胜利啦！胜利啦！"拖轮上下、苏州河两岸，人们尽情地欢呼、跳跃，船员们纷纷向过河管上拥去。

（95）李阿虎跨上过河管，眼里闪着激动的泪花："今天我和大伙一起闯过了三关，同时也搬掉了思想上的拦路虎，看清了继续前进的方向！"老周坚定有力地说："沿着社会主义道路前进，我们定能夺取更大的胜利！"

（96）"阿虎，让我们从新的起点出发，迎接新的战斗吧！"沈建林满怀豪情地说。师兄弟俩的手紧紧地握在一起，人们的心情就像黄浦江的春潮，一浪高过一浪。

图书在版编目（CIP）数据

抢渡三关／上海市市政工程公司工人业余美术创作组绘．—上海：
上海人民美术出版社，2013.6
ISBN 978-7-5322-8510-5

Ⅰ.①抢…　Ⅱ.①上…　Ⅲ.①连环画—作品—中国—现代　Ⅳ.①
J228.4

中国版本图书馆CIP数据核字（2013）第111153号

抢渡三关

编　　文：上海市市政工程公司
　　　　　上 海 市 港 驳 公 司
　　　　　《抢渡三关》编写组
绘　　画：上海市市政工程公司工人业余美术创作组
责任编辑：康　健
出版发行：上海人民美术出版社
　　　　　（上海长乐路672弄33号）
印　　刷：上海中华商务联合印刷有限公司
开　　本：787×1092　1/32　3.25印张
版　　次：2013年7月第1版
印　　次：2013年7月第1次
印　　数：0001-3500
书　　号：ISBN 978-7-5322-8510-5
定　　价：30.00元

虽经多方努力，但直到本书付印之际，仍有部分作者尚未联系上。本社恳请这部分作者见书后尽快来函来电，以便寄呈稿酬，并奉样书。